LA VEUVE,

COMÉDIE

EN UN ACTE

ET EN PROSE,

Composée en l'année 1756.

Le prix est de 24 sols.

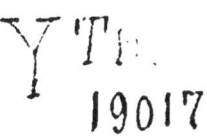

A PARIS,

Chez Duchesne, Libraire, rue S. Jacques,
au-dessous de la Fontaine S. Benoît,
au Temple du Goût.

M. DCC. LXIV.

Avec Approbation & Privilege du Roi.

ACTEURS.

Madame DURVAL, veuve d'un Armateur de Saint-Malo.

Le Chevalier DU LAURET, Capitaine
de Cavalerie.

Monfieur LICANDRE, oncle du Chevalier.

Le COMMANDEUR, ami commun
de la Veuve & du Chevalier.

La Marquife de LEUTRY, femme de la
plus grande qualité.

Mademoifelle AGATHE, femme de
Chambre de la Veuve.

LAQUAIS.

*La Scene eft à Paris, dans le Salon de Madame
Durval.*

*Voici encore un fujet de Comédie, tiré du
Roman des Illuftres Françoifes. Il eft pris
du caractere d'une Veuve & de fon aventure,
racontée dans l'hiftoire de M. Dupuis & de
Madame de Lonté. Tome 3, Edit. de Paris,
en 4 Vol. 1725.*

LA VEUVE,
COMÉDIE EN UN ACTE.

SCENE PREMIERE.

LE COMMANDEUR, Mlle. AGATHE.

LE COMMANDEUR

H BIEN ? Mademoiselle Agathe ; vous avez dit à Madame Durval, que je fuis ici ; puis-je entrer ?

Mlle. AGATHE.

Monfieur le Commandeur, Madame va paſſer dans le Salon ; elle vous prie d'attendre un moment. —— Elle acheve un petit compte avec un de ſes Fermiers.

LE COMMANDEUR.

Elle compte avec ſes Fermiers, elle-même ; quelle femme ! —— Veuve, belle, n'ayant tout au plus que vingt-ſix à vingt-ſept ans,

A ij

prodigieufement riche, c'eſt elle-même qui
conduit toutes ſes affaires? elle ſe paſſe d'In-
tendant, & cela ne paroît pas l'occuper; il
lui reſte encore un tems conſidérable à donner, à toutes les connoiſſances de pur agrément; & même à des connoiſſances aſſez
abſtraites; car l'on n'eſt pas plus inſtruite
qu'elle l'eſt, l'on n'a pas plus d'eſprit qu'elle
en a. —— En vérité! je ſuis toujours en admiration, vis-à-vis de cette femme-là, moi.

Mlle. A G A T H E.

Oui, Monſieur, elle a bien de l'eſprit,
Madame. Elle a bien de bonnes qualités,
ſi vous voulez; mais, elle eſt bien particuliere, Madame.

LE COMMANDEUR.

Que voulez-vous dire, particuliere?

Mlle. A G A T H E.

Eh mais! particuliere, Monſieur,... c'eſt
de n'être pas comme une autre. Belle & jeune
comme elle eſt, elle paſſe ſon tems à lire, à
écrire toute une journée. Elle fuit le monde;
elle eſt ſauvage, elle ne veut voir que ſes
amis. —— Elle eſt cachée, Madame.——Tenez, Monſieur le Commandeur, ſon grand
défaut eſt d'avoir été élevée en Angleterre

jufqu'à dix-huit ans. —— Vous autres grands
efprits, vous aimez les Anglois ; & moi,
je ne fçaurois les fouffrir. Ils font fiers ces
gens - là ; ils croiroient s'abaiffer, s'ils fai-
foient leurs amis de ceux qui les fervent.

LE COMMANDEUR, *fouriant*

Quoi ! votre Maîtreffe ! vous prétendriez
être fon amie ?

MIle. A G A T H E.

Eh pourquoi donc pas ? elle ne feroit pas
la premiere Dame à Paris qui fît fa meilleure
amie de fa Femme-de-Chambre ; & j'ai plus
de droits qu'une autre à fon amitié.

LE COMMANDEUR.

Des droits ? —— Eh ! pourriez-vous me
dire quels font ces droits ?

MIle. A G A T H E.

Premierement, parce que je fuis une honnête fille, moi ; & que ma Maîtreffe peut
compter fur ma difcrétion. Et...

LE COMMANDEUR, *l'interrompant.*

Un moment donc. Il me femble que Madame Durval vous traite, on ne peut pas
mieux ; comme en général elle traite tout
fon Domeftique.

A iij

Mlle. AGATHE.

Vraiment, je ne nie point qu'elle soit
bonne Maitresse; mais, est-ce là de l'amitié?
· — Elle n'a point de confiance, Madame;
& il n'y a que la confiance d'une Maitresse,
qui fait qu'elle nous aime, & qu'elle songe
à notre petite fortune.

LE COMMANDEUR.

Je ne vois pas quelle espece de confiance
vous prétendriez exiger d'elle ? Quant à votre
fortune, jamais elle n'a abandonné un Do-
mestique dont elle ait été contente ; elle a
récompensé, avec la plus grande noblesse,
tous ceux de son défunt mari ; continuez à la
bien servir, & je ferai sa caution...

Mlle. AGATHE, *l'interrompant.*

Et puis, Monsieur, j'ai des scrupules, moi.
· — Et quand je n'en aurois pas, je suis une
fille sûre, je vous le répete ; une honnête fille,
à qui l'on peut se fier ; — & il est encore à
naître que Madame m'ait dit ...

LE COMMANDEUR, *l'interrompant.*

Eh ! que voulez-vous qu'elle vous dise ?

Mlle. AGATHE, *d'un air malin.*

Eh pardi ! ce que je vois presque.

LE COMMANDEUR, *l'interrompant.*

Eh ! que voyez-vous, Mademoiselle?

Mlle. AGATHE.

Allez, allez, Monfieur ; vous le ſçavez
auſſi bien que moi. —— Ce Capitaine de Cavalerie , ce Chevalier du Lauret, . .

LE COMMANDEUR , *l'interrompant.*

Eh bien ? le Chevalier du Lauret, . .

Mlle. AGATHE.

Eh bien ! c'eſt vous qui l'avez amené à
Madame , un an après la mort de Monſieur.
Depuis ce tems-là eſt-ce qu'il bouge d'ici ?
Ce beau Chevalier-là n'a que la cape & l'é-
pée ; il eſt bien heureux d'avoir trouvé une
bonne maiſon, comme celle de Madame ;
auſſi n'en défempare-t il pas. —— Il y eſt déja
venu ce matin , avant que Madame fût éveil-
lée. . . Et moi , à qui il n'a jamais fait préſent
d'un bout de ruban , feulement, je vous l'ai
renvoyé. —— Tenez, Monſieur le Commandeur , j'ai des remords de voir tout cela.
—— Et puis , qu'eſt-ce que j'y gagne, moi ?

LE COMMANDEUR.

Le Chevalier, eſt toujours ici ? Eh ! qu'y a-
t-il-là d'extraordinaire , Mademoiſelle ? Il
eſt , ainſi que moi, l'ami intime de Madame
Durval. Que devez-vous donc penſer de moi,
qui ai, non feulement , l'honneur de la voir

auſſi ſouvent que lui, mais, qui, de plus, loge ici, chez elle, dans ſa maiſon?

Mlle. AGATHE.

Bon, bon! cela eſt bien différent, vous êtes un homme fait, vous, Monſieur; (permettez-moi de vous le dire;) vous avez vos quarante-cinq ans paſſés; le Chevalier n'en a pas trente. —— Et puis, quand vous êtes abſent, vous, cela ne chagrine pas Madame; mais pour peu qu'elle ſoit deux jours ſans le voir, lui, Madame eſt plus triſte... plus rêveuſe,... elle eſt d'un ſombre...

LE COMMANDEUR.

Voilà de belles remarques! & qui concluent beaucoup!

Mlle. AGATHE.

Eh, Monſieur! il y a cent autres choſes encore... Croyez-vous que je me faſſe des ſcrupules de rien? Par exemple, les ſoirs, n'eſt-ce pas toujours lui, qui ſort le dernier?

LE COMMANDEUR, *vivement*.

Mais, vous êtes affreuſe, Agathe! Eh mais! vous êtes affreuſe! Si je diſois cela à vôtre Maîtreſſe, elle ne vous garderoit pas une heure.

Mlle. AGATHE.

Ma foi, je ne m'en soucierois gueres; car, puisqu'il faut vous le dire, je suis arrêtée chez Madame la Comtesse Dorimene; ma conscience ne me permet pas de la servir plus longtems, pour le profit que j'y fais; & je m'en vais lui demander mon congé.

LE COMMANDEUR.

Quoi! vous entrez chez Dorimene? chez une femme perdue d'airs, & de ridicules; & qui plus est, de qui la conduite...

Mlle. AGATHE.

Bon, bon! Monsieur, il ne faut pas croire tout ce que l'on dit; tout du moins, Madame la Comtesse Dorimene a déja fait la fortune à deux de ses Femmes-de-Chambre. Elle a marié la derniere à un bon Employé des Fermes.

LE COMMANDEUR.

Oh! je conçois à présent tout l'excès de vôtre délicatesse, & que l'intérêt n'a aucune part dans vos démarches. — — Laissez - moi, Mademoiselle. Vous êtes odieuse.

SCENE II.

LE COMMANDEUR, *seul.*

VOILA comme sont les Valets. Sûre-
ment , j'avertirois Madame Durval des
propos, que tient d'elle sa Femme-de-Chambre ; cette âme, basse & méchante, si tout
ceci n'alloit pas finir par épouser le Chevalier. —— Eh! ma foi, cela me détermine à
lui parler de son mariage. C'est elle. Il faut
que je lui dise ce que j'en sçais ; & que je la
presse de ne le point différer.

SCENE III.

Mad. DURVAL, LE COMMANDEUR.

Mad. DURVAL.

JE vous demande pardon, mon cher Commandeur, de vous avoir fait attendre. Je
voulois renvoyer un pauvre homme, qui n'a
point de tems à perdre ; & j'ai cru que vous
trouveriez bon . . .

LE COMMANDEUR, *l'interrompant.*

Y penfez-vous, Madame ? qu'eft-ce que c'eft que toutes ces excufes-là ? Eft-ce donc avec un ami ?...

Mad. DURVAL, *l'interrompant.*

Vous avez raifon. Quand on a le bonheur de s'être fait une fociété fûre, comme la mienne, on peut tout rifquer. —— Je fuis charmée de vous revoir. J'ai cru que vous ne reviendriez point tous de la campagne.

LE COMMANDEUR.

Nous n'y avons pourtant paffé que quatre jours, comme nous vous l'avions dit. Nous nous y fommes amufés affez ; nous y avions des femmes charmantes ; & d'ai. urs, Monfieur Licandre, l'oncle du Chevalier, eft un vieillard adorable. —— Il nous a fait les honneurs de fa Terre, avec une nobleffe furprenante. Vous aimerez à la folie ce bon-homme-là, quand vous le connoîtrez davantage.

Mad. DURVAL.

Je le crois. Le Chevalier m'en a toujours parlé dans des termes qui m'ont pénétrée d'eftime & de refpect pour lui.

LE COMMANDEUR.

Il a dû vous dire qu'il jouilloit de la plus

haute considération à Cadix, où il a fait sa fortune dans le commerce, qu'il a toujours traité dans le grand; & je sçais, moi, qu'il avoit un crédit très-puissant, auprès des Miniftres d'Espagne, à qui il a été utile plus d'une fois. L'on m'a cité de lui, dix actions de la plus grande générosité, & il vient ici en faire une qui va les couronner toutes : il donne quinze cent mille livres au Chevalier, pour le marier aujourd'hui.

Mad. DURVAL, *d'un ton de voix alteré.*

Il veut marier le Chevalier ? à qui donc, Monsieur, à qui ?

LE COMMANDEUR.

Ils ne m'ont pas mis de leur secret ; j'ai appris tout cela par une voye détournée ; mais je suis sûr du fait.

Mad. DURVAL, *très-vivement.*

Mais vous sçavez sans doute à qui ? Dites-moi donc, à qui, Monsieur, à qui ?

LE COMMANDEUR, *soûriant.*

Oui, je le sçais, Madame. Mais quelle vivacité vous mettez à cela ?

Mad. DURVAL, *se contraignant.*

Mais non ; il est tout naturel que l'intérêt que l'on prend à un ami . . .

LE COMMANDEUR, *l'interrompant.*

Eh ! oui, oui ; l'amitié eſt une ſi belle choſe, qu'il ne faut pas vous faire languir plus longtems. C'eſt à vous-même, Madame, que Monſieur Licandre a deſſein de marier le Chevalier, ſi vous l'agréez, pourtant.

Mad. DURVAL.

A moi, Monſieur !

LE COMMANDEUR, *en badinant & riant.*

A vous-même, vous dis-je. Je crois être ſûr qu'ils deſirent ce mariage ; & je crois auſſi qu'il ne ſera pas difficile de vous y déterminer ; qu'en dites-vous ?

Mad. DURVAL.

Vous vous trompez, Commandeur.

LE COMMANDEUR.

Comment, Madame ?

Mad. DURVAL.

Ecoutez-moi, mon cher Commandeur. —— Vous m'allez trouver bien extraordinaire, bien bizarre, peut-être même, d'une ſingularité révoltante ; ... mais, Monſieur, jamais rien ne pourra me déterminer à me remarier.

LE COMMANDEUR.

Tout de bon ! Et pourquoi cela ?

Mad. DURVAL.

Oh! voici pourquoi. —— Vous avez connû
feu mon mari. Vous sçavez qu'on me fit
épouser Durval, un an après avoir quitté
l'Angleterre; il s'étoit emparé de l'esprit de
mes parens qui me sacrifierent. Durval étoit
Armateur à Saint-Malo; je lui apportai en
mariage trois millions de bien, dont il n'a
dissipé qu'une très-petite partie; ayant com-
mencé par manger le sien, qui étoit assez
considérable. Il quitta bien-tôt son commerce de mer & Saint-Malo, & nous vinmes
nous établir à Paris. —— Durval avoit de l'esprit, de la figure; une politesse qui plaisoit,
& en imposoit aux autres, & qui n'étoit
cruelle que pour moi. Il paroissoit me préve-
nir en tout; & vous avez cru, comme tout
le monde, que j'étois la femme de France la
plus heureuse... Eh bien! Monsieur, il n'en
étoit rien: jamais femme n'a été aussi malheureuse, avec son mari, que je l'ai été avec
Durval.

LE COMMANDEUR, *avec un grand éton-*
nement.

Vous avez été malheureuse, avec Durval!

Mad. DURVAL.

Vous voilà bien étonné, Monsieur! Rien n'est plus vrai, pourtant... Vous avez vû vous-même comme Durval m'avoit aimée, m'avoit adorée... Eh bien! nous avons été mariés trois ans; à peine la premiere année étoit-elle passée, que ce grand amour fit place à l'indifférence la plus offensante; il me donna des rivales dont il exigeoit que je fusse l'esclave. De-là les procédés les plus durs, & les plus cruels... Vous frémiriez, Monsieur, si j'entrois dans des détails... Deux fois il m'en a pensé coûter la vie.

LE COMMANDEUR.

Comment! cela a été jusques-là?

Mad. DURVAL.

Oui, Monsieur; ni ma jeunesse, ni mes égards, ni mon attention à cacher mes malheurs & ses désordres, ni mes larmes, rien de moi ne le touchoit plus; tout, de ma part, lui étoit devenu à charge, jusqu'à l'estime qu'il étoit forcé d'avoir pour moi.

LE COMMANDEUR.

Mais le Chevalier est trop galant homme, pour que vous puissiez craindre...

Mad. DURVAL.

Eh! Commandeur, croyez-moi : je me fuis dit, & plus fortement que vous ne pouvez me le dire, les raisons qui font pour le Chevalier. — Perfonne ne fçait mieux que moi, que c'eft l'ame la plus belle.... la plus noble ... qu'il a cette probité éclairée & délicate, qu'il porte dans les moindres circonftances de la vie.——Ajoutez à cela, qu'il m'aime.——Je dis encore plus : c'eft que j'ai pour lui l'amitié la plus vive & la plus tendre ,... que vous qualifierez comme il vous plaira. Difons mieux : je vous avoue même que c'eft de l'amour ; car je ne fuis point fauffe.——Malgré cela, Monfieur, la vive impreffion, & les traces profondes que m'ont laiffé les peines cruelles que j'ai fouffertes dans mon premier mariage , m'empêcheront toujours d'en contracter un fecond. Je penfe d'après moi ; vous le fçavez. Je fuis décidée, & rien ne pourra me faire changer de réfolution.

LE COMMANDEUR.

Je le crains fort pour mon ami. Mais fur votre refus, fi l'oncle du Chevalier vouloit le marier à une autre?

Mad. DURVAL.

C'eſt ce que je ne crains point ; je ſuis ſûre de l'attachement du Chevalier ; je réponds de ſon cœur, comme du mien. —— Il a une ame, cet homme-là.

LE COMMANDEUR.

D'accord. Mais, ſi l'oncle du Chevalier ne vouloit donner ſon bien à ſon neveu, qu'à condition qu'il ſe mariât à vous, Madame, ou à quelque autre ; en refuſant le Chevalier, vous ne pourriez pas le détourner d'épouſer celle que l'on lui propoſeroit. Dans ce cas-là ; vous ſentez, mieux que moi, quel coup d'œil cela auroit dans le monde

Mad. DURVAL, *très-vivement.*

Je ne l'en détournerois pas, Monſieur. Il ſera libre d'agir comme il le voudra. Mais s'il étoit capable d'en épouſer une autre, j'en mourrois, je le ſens bien... mais cela eſt impoſſible ; je ſens encore mieux cela, Monſieur, je ſens encore mieux cela.

LE COMMANDEUR.

A la bonne heure. —— Mais ſe peut-il que le Chevalier ne vous ait jamais propoſé de vous épouſer ?

B

Mad. DURVAL.

Jamais. Je fuis fûre pourtant qu'il en a toujours eu la plus grande envie ; mais il ne m'en a jamais ouvert la bouche. J'ai bien fenti pourquoi : le Chevalier n'étoit pas riche ; je le fuis immenfement ; il n'avoit alors que fa compagnie de Cavalerie. Sa délicatefle lui auroit fait prefque un crime de cette propo‑fition.

LE COMMANDEUR.

Oh ! penfant comme il fait, cela eft fûr.

Mad. DURVAL.

Oh ! très-fûr. Mais je vais vous avouer une chofe bien finguliere : c'eft que j'ai penfé, dans une occafion, lui faire la propofitiop de l'époufer, moi.

LE COMMANDEUR.

Eh ! comment cela donc ?

Mad. DURVAL.

Vous vous fouvenez de ce Régiment qui vint à vaquer il y a un an, & dont il auroit obtenu l'agrément, s'il eût eu de quoi le payer ?

LE COMMANDEUR.

Je m'en fouviens très-bien.

Mad. DURVAL.

Je ne vous dirai point que je lui demandai comme une grace, de m'emprunter les quatre-vingt mille livres qu'il lui falloit pour cela.

LE COMMANDEUR.

Oui, je sçais qu'il les refusa, parce que vous risquiez de les perdre par sa mort ; cela est tout simple.

Mad. DURVAL.

Cela n'est pas tout simple, vis-à-vis des façons que j'y mis. J'y employai les instances, les prieres, les persécutions, enfin toutes les tournures, j'ose dire, les plus ingénieuses que l'amour puisse inspirer. L'idée de faire l'avancement & la fortune d'un homme que j'aime remplissoit mon ame du sentiment le plus délicieux.

LE COMMANDEUR.

Et vous ne pûtes pas venir à bout de le déterminer à accepter vos offres ?

Mad. DURVAL.

Non, Commandeur. Il resista à tout ; il me refusa inhumainement ; tenez, Monsieur, c'est là la seule fois de ma vie, que j'ai eu véritablement à me plaindre de lui.

B ij

LE COMMANDEUR.

A vous plaindre !

Mad. DURVAL.

Oui , à me plaindre. Je vous avoue que je fus piquée au jeu ; & fon opiniâtre générofité penfa me mener fi loin , que je fus fur le point de lui offrir ma main , parce que j'imaginois que c'étoit-là ma derniere reffource , pour lui faire accepter l'argent qu'il lui falloit pour avoir ce Régiment-là.

LE COMMANDEUR.

Eh ! qui put faire évanouir des difpofitions fi heureufes pour le Chevalier ?

Mad. DURVAL.

La réfiftance qu'il mit à accepter cet argent fit naître entre lui & moi des difcuffions qui lui firent perdre un tems qui eft toujours très-précieux en affaire ; la Cour difpofa du Régiment ; je ne puis vous dire combien j'en fus affligée.

LE COMMANDEUR.

Je le crois : d'autant plus que dans ce tems-là, la fortune du Chevalier étoit très médiocre. Le fils unique de fon oncle vivoit encore.

Mad. DURVAL.

Auffi , Commandeur , vous avourai-je une

chofe qui ne doit jamais nous paller : je pris
dès ce moment des mefures pour affurer le
fort du Chevalier, fans qu'il pût s'en douter ;
je fatisfis fur le champ mon cœur à cet égard.
Aujourd'hui qu'il eft riche par la mort du
fils de Monfieur Licandre, fon oncle ; c'eft
une raifon de plus pour moi, pour ne le
point époufer. Eh ! je ne me remarierai point,
foyez en fûr ; mon parti eft bien pris. Et fur
tout cela, Commandeur, je ne vous dis pas
la moitié de mes raifons ; j'en ai encore de
mille fois plus fortes, & qui tiennent toutes
à l'amour extrême que j'ai pour le Chevalier.

LE COMMANDEUR.

Vous ne m'en dites que trop, Madame, &
je fens bien que je combattrois en vain votre
fentiment.—— Il n'y a au monde que l'amour
qui puiffe vous en faire revenir.

UN LAQUAIS, *aportant un billet.*

C'eft de la part de Madame la Marquife
de Leutry.

Mad. DURVAL.

A-t-on dit que j'y étois ?

LE LAQUAIS.

Oui, Madame ; & fon valet-de-chambre
attend la réponfe.

B iij

Mad. DURVAL, *renvoyant le laquais.*

Cela est bon, qu'il attende.——Commandeur, vous permettez. ... (*Après avoir lû.*) Je
ne sçais pas ce que me veut cette femme;elle
ne sçait pas, sans doute, que, comme elle est
de la plus grande qualité , c'est une raison
pour moi, pour ne me point lier avec elle ;
car depuis le malheur que j'ai eu de la rencontrer dans quelques soupers, elle me pour-
suit de ses avances ; elle a passé ici ; je n'y
étois pas. Je fus hier chez elle ; je me croïois
heureuse de ne l'avoir point trouvée : point
du tout ; elle m'écrit, à présent, pour me
demander chez moi un rendez-vous dans une
heure ; je ne puis gueres le lui refuser , pourtant, sans impolitesse.

LE COMMANDEUR.

Oh ! non ; il ne faut jamais avoir tort avec
ces gens-là.

Mad. DURVAL.

Vous permettez donc que j'aille lui faire
un mot de réponse.——Vous soupez avec
moi ?

LE COMMANDEUR.

Eh ! mais, c'est qu'auparavant j'ai une af-
aire.

Mad. DURVAL, *l'interrompant.*
Oh ! liberté entiere , & revenez.

(Elle se retire.)

LE COMMANDEUR.

Je serai bientôt de retour.

SCENE IV.

LE COMMANDEUR, *seul.*

CETTE veuve-là ne se remariera jamais ;
je le vois bien.—— Il est fâcheux, il
est cruel, pourtant, qu'une femme aussi estimable ait été amenée , par la conduite & les
traitemens indignes de son défunt mari , à
prendre une façon de penser qui doit né-
cessairement lui faire beaucoup de tort dans
le monde.—— Et malheureusement il me paroît démontré que jamais le Chevalier ne
pourra venir à bout de lui faire changer de
sentiment. Mais, c'est le Chevalier lui-même.

SCENE V.

LE COMMANDEUR, LE CHEVALIER.

LE CHEVALIER, *avec la joie du transport.*

AH ! mon cher ami ! que je vous embraſ-
ſe ! prénez part à ma joie.—— Mais, où
eſt donc Madame Durval ?

LE COMMANDEUR.

Elle va rentrer, elle eſt allée écrire un
mot dans ſon cabinet.

LE CHEVALIER.

Je l'attends, avec la derniere impatience,
pour lui dire..... —— ce dont je n'ai pû
vous faire part à la campagne ... On avoit
exigé de moi le ſecret : c'eſt que mon oncle
me donne, dès à préſent, la plus grande
partie de ſes biens...; ce n'eſt pas là ce qui
me touche...; mais il conſent que j'épouſe
Madame Durval; il doit venir dans la journée
conclure cette affaire avec elle.——Eh ! bien,
mon ami, croyez-vous qu'il y ait quelqu'un
ſur terre plus heureux que moi ?

LE COMMANDEUR.

Je ne veux pas empoiſonner ta joie, qui
me paroit exceſſive....

LE CHEVALIER, *avec impétuosité.*

Exceflive! vous n'en voyez pas la moitié : j'ai toujours defiré avec paffion d'époufer Madame Durval, je n'ai jamais ceffé de me dire, de penfer, de fentir que c'étoit une femme unique.—— Beauté, fentiments, élévation dans l'ame ; efprit, raifon, agréments, tout eft dans cette femme-là ; mais tout.—— Jugez par-là, mon ami, combien je fuis enchanté de me voir à la veille de m'attacher cette femme pour toute la vie...; Je dis, pour toute la vie.

LE COMMANDEUR.

Tranfports d'amants que tout cela ; va, mon enfant, c'eft toujours une folie que de fe marier.—— Je penfe bien autrement que toi là deffus, moi ; car, ce qui m'a engagé à me jetter dans l'Ordre de Malte, c'eft que j'aimois trop les femmes ; & en vérité, je n'ai fait mes vœux que pour ne point fuccomber à la tentation d'en époufer quelqu'une ; & ce malheur-là me feroit arrivé cent fois.

LE CHEVALIER.

Et moi je ferois le plus malheureux des

hommes, fi je ne pouvois la faire confentir
à m'époufer.

LE COMMANDEUR.

Mais es-tu fûr qu'elle n'ait point d'oppo-
fition pour fe remarier ?

LE CHEVALIER.

Je fçais, je connois bien fa répugnance à
cet égard ; nous en avons parlé quelquefois :
mais je fùrmonterai cela. Tout eft poffible à
l'amour ; je l'adore, elle m'aime … je puis
vous le dire à préfent que je compte l'é-
poufer.

LE COMMANDEUR.

Oh ! fans que tu me le difes, je n'ai jamais
été la dupe du myftere honnête & refpectable que vous avez mis à votre amour.

LE CHEVALIER.

Le myftere étoit tout fimple : fans biens
comme j'étois, je n'ai pû propofer un mariage
qui auroit toujours été fufpect d'intérêt …
mais aujourd'hui … aujourd'hui … Oh ! je
fuis tranfporté.

LE COMMANDEUR.

Ce defir forcené de te marier m'impa-
tiente. Car, dis-moi, en confcience, qu'eft-ce

que le mariage a à faire à tout cela ? Et si tu
ne peus pas l'y déterminer, il faudra bien que
tu te contentes de continuer de vivre....

LE CHEVALIER, *l'interrompant.*

Mais nous ne vivons point, Monsieur....

LE COMMANDEUR.

Je le veux bien, moi ; je ne te demande
pas ton secret.

LE CHEVALIER, *vivement.*

Ah ! Commandeur, je puis vous protester...

LE COMMANDEUR, *l'interrompant.*

Je te crois... je te crois... Mais si l'on ne
peut t'ôter de la tête ce mariage-là, mon
pauvre Chevalier, je te préviens que je viens
d'avoir dans l'instant une conversation avec
elle à ce sujet, & que je l'ai laissé decidée,
& très décidée à ne point se remarier même
avec toi.

LE CHEVALIER.

Vous m'ôtez la confiance où j'étois ; vous
m'affligez cruellement.

LE COMMANDEUR.

J'entends du bruit dans son cabinet ; c'est
elle qui vient, sans doute. J'ai affaire ; je te
quitte. Sans adieu.

SCENE VI.

LE CHEVALIER, *seul.*

SEROIT-IL possible que Madame Durval
refusât de m'épouser ; qu'elle tînt même
vis-à-vis de moi à ses anciennes préventions
contre le mariage ? —— Non , non , je dois
me rassurer ; elle m'aime ; c'est une passion
véritable ; ce n'est point un amour ordinaire,
que celui qu'elle ressent pour moi. —— Le
Commandeur avoit pénétré ses sentiments &
les miens , quelqu'attention que j'aie eue à
les dérober aux yeux de tout le monde,
quelque discrétion que j'y aye mise. Ah !
cette raison seule suffiroit pour me déterminer à l'épouser, quand, d'ailleurs, je n'en aurois pas le desir le plus vif & le plus passionné.
Mais c'est elle.

SCENE VII.

Mad. DURVAL, LE CHEVALIER.

Mad. DURVAL, *avec une tendresse vive.*

AH! Chevalier! c'est donc vous enfin! — Quel plaisir j'ai de vous revoir! — Mais êtes-vous comme moi? Mais avez-vous senti ce que c'est que d'être quatre jours éloignés l'un de l'autre?

LE CHEVALIER, *avec la derniere vivacité.*

Si je l'ai senti, Madame! si je l'ai senti! ah! je voudrois que les jours que je passe sans vous voir, fussent rayés de ma vie. Si je l'ai senti!

Mad. DURVAL, *tendrement.*

Non, vous vous êtes amusé à la campagne: vous y aviez des femmes aimables.

LE CHEVALIER.

Des femmes! ah! vous ne me rendez gueres justice; & à vous, encore moins. Est-il une femme au monde que l'on puisse vous comparer? — Je n'aimerai jamais que vous. Eh! je n'ai jamais eu véritablement d'amour que pour vous. Sans votre beauté , vos graces , & votre efprit ... & encore plus , fans votre ame & vos vertus , j'euffe , fans doute , ignoré toute ma vie , ce fentiment qu'aucune autre que vous n'eût pû ni ne pourroit m'infpirer.

Mad. DURVAL, *très-tendrement.*

Ah ! Chevalier ! vous n'imaginez pas dans quel raviffement me jette cette proteftation paffionnée , que je vois pleine de vérité & de fentiment ; & furtout dans cet inftant où...

LE CHEVALIER , *l'interrompant.*

Eh ! c'eft dans cet inftant auffi , Madame , que l'amour dont vous m'honorez , m'eft le plus néceffaire : eft dans cet inftant que je defirerois que cet amour pût prendre de nouvelles forces , pût accroître encore , & fût au point de vous fermer les yeux fur mes défauts.... (*D'un ton tremblant.*) Et fur les préjugez ... que vous avez ... contre le mariage.

Mad. DURVAL.

Ah ! que me dites-vous là , Chevalier ?

LE CHEVALIER , *d'un air très-*
timide.

Je dis , Madame ... je crains ... vous ne voudrez , peut-être , pas....

UN LAQUAIS, *annonçant.*
Madame la Marquife de Leutry.

LE CHEVALIER, *à part.*

Je ne fçais fi je dois être fâché, ou bien-
aife d'être interrompu dans ce moment.
(*Haut.*) Madame... je fuis dans une agita-
tion ... dans un trouble ... Pendant que
vous recevrez cette vifite importune, je vais
trouver mon oncle. Il doit vous parler, Madame ... il doit vous parler ... & votre réponfe, que je vais attendre chez lui, décidera
du bonheur ou du malheur de ma vie.

(*Il falue profondément, en fortant, la
Marquife de Leutry, qui lui fait une
révérence impertinente.*)

SCENE VIII.

LA MARQUISE DE LEUTRY,
Mad. DURVAL.

LA MARQUISE DE LEUTRY.

A La fin donc, l'on vous trouve, ma
belle Dame! j'en fuis comblée. Sçavez-
vous qu'il y a huit jours que je vous cours,
& que je me meurs de vous voir ?

Mad. DURVAL.

Je suis bien mortifiée, Madame, que vous ayez éxigé que je vous attendisse chez moi. J'eus l'honneur de me présenter hier à votre porte. Vous étiez sortie.

LA MARQUISE DE LEUTRY.

Mes gens me l'ont dit. Mais c'est que vous avez mal fait aussi de ne pas venir me demander à souper tout simplement ; cela nous auroit raccommodées ; car je vous boude, au moins.

Mad. DURVAL.

J'ignore, Madame, par où j'ai pû mériter...

LA MARQUISE DE LEUTRY, *l'interrompant.*

Comment ! dans les maisons où j'ai eu le bonheur de vous rencontrer, je vous ai priée deux fois à souper, & vous m'avez tenu rigueur.—— Ah ! çà, quand voulez-vous faire votre paix ? Donnez-moi un jour pour venir passer la soirée avec moi ; je le veux absolument.

Mad. DURVAL.

Permettez-moi, Madame, de me refuser à l'honneur que vous me faites.

LA MARQUISE DE LEUTRY.

Pourquoi donc cela ?

Mad.

Mad. DURVAL.

Pourquoi, Madame ?... Je m'en vais
vous parler tout naturellement : parce qu'une
femme de mon état ; quand elle est sensée,
ne doit pas se lier avec des femmes de votre
rang.

LA MARQUISE DE LEUTRY.

Une femme de votre état ! Mais il en faut
changer d'état, mon bel ange, il faut en
changer ; & en attendant, je compte sur
vous pour ce soir.

Mad. DURVAL.

Encore une fois, Madame, vous me faites
trop d'honneur, & je vous prie de trouver
bon que je me tienne à ma place.——Je re-
connois, comme je le dois ; que, dans l'ordre
de la société, les Grands, les gens de qualité, & les gens en place, sont au-dessus de
moi ; mais en m'abstenant de les voir, & en
vivant avec mes égaux, il me semble,
moyennant cela, que je n'ai point de supé-
rieurs ; & je vous avoue que j'ai cette espece
d'amour propre là, & qu'il entre, pour quelque chose, dans mes principes.

LA MARQUISE DE LEUTRY.

Dans vos principes !... Mais je ne crois

C

point aux principes, moi. C'eſt l'uſage qui décide de tout ; & je vous dis ..., oui, je vous dis que vous ne ſerez jamais déplacée nulle part. Avec votre fortune & cette figure-là ! ... mais, c'eſt que je ne me laſſe point de vous admirer ... vous êtes belle ... des yeux ... un éclat ... mais c'eſt un éclat ... avec cela, de l'eſprit ... on ne ſçauroit en avoir davantage ... mais on va partout avec cela ; l'on va partout.

Mad. DURVAL.

Je me tiendrai chez moi, Madame ; vos cajoleries ne me feront pas perdre la tête. Mais oſerois-je vous demander de quoi il s'agit ? Après les louanges dont vous m'accablez, ſi je pouvois jamais imaginer que je puſſe vous être bonne à quelque choſe, vous me feriez croire que vous avez des vues ſur moi.

LA MARQUISE DE LEUTRY.

Eh ! mais, ſans doute, j'ai des vues ſur vous, belle Dame ; mais je n'en ai que parce que vous êtes raviſſante, divine.

Mad. DURVAL.

Épargnez-moi, de grace ; —— ſi nous pouvions venir au fait.

LA MARQUISE DE LEUTRY.

Au fait, foit. Mais vous êtes trop modeste aussi. Je ne puis pourtant me *tenir* de vous dire que c'est votre mérite supérieur, votre beauté, votre esprit, qui ont fait tourner la tête à mon malheureux fils, le Marquis de Leutry.

Mad. DURVAL.

Que dites-vous, Madame ?

LA MARQUISE DE LEUTRY.

Je dis que mon fils vous a vue une fois, & qu'il vous aime à la folie, mais je vous dis à la folie. Avec cela vos grands biens peuvent lui convenir ; cela ne gâte rien.—— Il faut arranger ce mariage-là, absolument.

Mad. DURVAL.

Je ne pense pas, Madame, que vous parliez sérieusement.

LA MARQUISE DE LEUTRY.

Pardonnez-moi, ma Reine, très-férieusement.—— Eh ! ne faisons-nous pas tous les jours de ces mariages-là, nous autres ?

Mad. DURVAL, *en souriant*.

Oh ! je sçais bien cela, Madame.

C ij

LA MARQUISE DE LEUTRY.

Croyez donc auſſi que mon fils raffolle de
vous ; & cela eſt ſi vrai, que dès demain, ſi
vous le voulez, il quittera la petite Rofette,
& nous irons en avant. Il ſe chargera de vous
faire agréer par ſa famille ; ſon oncle, pour
l'engager à ſe marier, lui cede ſon Daché ;
ainſi, en l'épouſant, vous voilà avec le tabouret, ma belle Dame ; avec le tabouret...:
cela n'eſt pas déſagréable !

Mad. DURVAL.

Avec le tabouret ?... Je vous étonnerois
peut-être bien, Madame, ſi je vous diſois
que je ne ſuis nullement tentée de cet hon-
neur-là.— Mais ſans entrer dans cette diſ-
cuſſion, je vous dirai tout ſimplement, Madame, que je ne veux point me remarier.
C'eſt une réſolution que j'ai priſe. Si j'en
changeois ; comme je n'ai point la vanité
de devenir la femme d'un homme de la
Cour, j'épouſerois quelqu'un d'un état à peu
près égal au mien. Mais jamais je ne me
rendrois l'eſclave d'un homme titré, qui ne
m'épouſeroit que pour me faire l'honneur de
me ruiner, peut-être.

LA MARQUISE DE LEUTRY.

Oh ! je vois très-bien à présent, Madame, d'où vous vient toute cette belle philosophie-là : je vois qu'on m'a dit vrai : vous voulez épouser le Chevalier du Lauret que vous aimez ? ... Je ne voulois pas le croire.

Mad. DURVAL.

Mais, Madame, prenez garde.

LA MARQUISE DE LEUTRY.

Tout de bon ? vous épouferiez ce petit homme-là ? —— Eh mais ! cela est fingulier ! Le Chevalier, ce n'est rien ; il n'a ni rang ni fortune. —— Il est joli, ... j'avoue qu'il est joli : auffi n'étois-je point étonnée qu'on fe prît de goût pour lui ; mais ... l'époufer ! ... je n'en reviens point. .. c'est un travers, permettez-moi. ..

Mad. DURVAL.

Arrêtez, Madame. —— Tout est dit entre nous ; je ne penfe pas que mon refus vous autorife à me tenir des propos auffi déplacés & auffi offenfants. —— En tout cas, je vous avertis que je ne les fouffrirois pas.

LA MARQUISE DE LEUTRY,
d'un ton d'aigreur.

Vous m'avertiffez, vous m'avertiffez !——Eh

C iij

mais! je vous fuis très-obligée. Et moi, je vous avertis auffi, Madame Durval, que vous faites deux bonnes folies en un jour : l'une, de ne point époufer mon fils ; & l'autre, d'époufer votre Monfieur le Chevalier. ——Adieu, Madame Durval, adieu.——(*A part en s'en allant.*) Eh mais! où avoient-ils pris que cette Bourgeoife-là avoit tant d'efprit donc ? (*Se retournant.*) Quoi! vous me reconduifez! rentrez, Madame, rentrez. Je n'ai que faire de tout cela, moi; je n'ai que faire de tout cela.

Mad. DURVAL, *revenant fur fes pas.*

Effectivement, je fuis bien bonne de lui faire encore des politeffes.

SCENE IX,

LICANDRE, Madame DURVAL,
continuant.

EN vérité, les gens de qualité ont peine à fe perfuader que ceux qui n'en font pas foient des hommes comme eux. Mais j'apperçois l'Oncle du Chevalier.

LICANDRE, *d'un air inquiet.*

Ah! Madame, excufez l'impoliteſſe que je vais commettre ; je ne fais que paſſer ici un moment pour vous rendre mes devoirs ; ... & à vous dire le vrai, je comptois y trouver mon neveu. —— Je ne ſçais ſi un exprès, qui me vient de Cadix, lui a parlé. On a indiqué chez moi, à cet homme, les endroits où il pourroit me trouver, moi, ou mon neveu. (*D'un air ſatisfait & joyeux.*) C'eſt ſûrement une heureuſe nouvelle ; & peut-être même m'adreſſe-t-on, par cet exprès, tous les fonds que je dois recevoir de Cadix, en bonnes lettres de change.

Mad. DURVAL.

Monſieur le Chevalier eſt ſorti, il y a plus d'une heure, Monſieur.

LICANDRE.

Permettez moi donc, Madame, de retour-ner ſur le champ chez moi, & pardonnez mon incivilité. Je reviendrai, & ſi vous le trouvez bon, j'amenerai le Notaire pour dreſſer les articles de votre mariage avec le Chevalier ; cela ne ſera pas long : il y a long-tems que vous devez être convenus de vos faits.

C iv

Mad. D U R V A L.

Mais , Monsieur , il n'y a qu'une petite dif-
ficulté...

L I C A N D R E.

Nous la leverons bien vîte ; entre honnêtes
gens, il ne fçauroit y en avoir longtems.
——Tenez : en deux mots , voici comme j'ar-
range tout cela ; moi. Cet exprès va me remettre pour dix-huit cent mille liv. de lettres de
change ; j'en donne quinze cent à mon neveu,
& je me referve cent mille écus pour moi, qui,
avec ma terre qui me rapporte douze mille
francs, en douze facs, me fuffiront, & au-
delà...

Mad. D U R V A L , *l'interrompant.*

Mais de grace , au fujet de ce mariage ,
apprenez donc mes difpofitions...

L I C A N D R E , *l'interrompant.*

Qu'appellez-vous des difpofitions ? Je ne
veux point que vous faffiez des difpofitions
en faveur de mon neveu. Il faut toujours que
le bien retourne aux familles d'où il vient...
& d'ailleurs, cela m'a toujours repugné,
qu'une femme avantageât un homme. .. mais
nous difcuterons tout cela ce foir ; permettez

moi de vous quitter seulement pour une heure.

Mad. DURVAL.

Mais auparavant , Monsieur, écoutez moi un instant.

LICANDRE, *l'interrompant.*

Ah, Madame ! remettons cela, je vous en supplie. Je sens toute l'étendue de mon impolitesse : mais la conséquence, la grande importance de mon affaire est une excuse bien légitime. Mille pardons, Madame; je suis ici dans une heure; dans une petite heure au plus tard.

SCENE X.

Mad. DURVAL, *seule.*

JE suis désolée qu'il n'ait pas eu le tems de m'écouter. Je lui aurois dit l'éloignement invincible que j'ai pour le mariage : il auroit préparé le Chevalier à mon refus; & il va, au contraire, lui porter des esperances qui lui rendront encore plus cruelle la résolution où je suis de ne point me remarier. Cela m'afflige singulierement !

SCENE XI.

Mad. DURVAL, Mlle. AGATHE.

Mlle. AGATHE, *d'un air embarassé.*

MADAME est seule... &, elle veut bien permettre...

Mad. DURVAL.

Que voulez-vous, Agathe ?

Mlle. AGATHE.

C'est que... j'aurois à parler à Madame..; C'est que... je voudrois...

Mad. DURVAL.

Qu'avez-vous à me dire ? Vous avez l'air embarassé. Qu'est-ce que c'est ?

Mlle. AGATHE.

C'est que... — C'est que.., je suis bien fâchée de quitter Madame. — C'est qu'il me coûte d'être obligée... de demander mon congé à Madame.

Mad. DURVAL.

Comment, Agathe! Eh! pourquoi me quittez-vous?

Mlle. AGATHE.

Eh mais !.... j'en ai dit les raisons à Monsieur le Commandeur ; il pourra les dire à Madame.

Mad. DURVAL.

Eh ! ne peut-on les sçavoir de vous, Mademoiselle ?

Mlle. AGATHE.

Oh ! je n'oserois, moi ; — cela fâche-roit peut-être Madame ; & je ne veux point sortir mal d'avec Madame ; je n'ai qu'à m'en louer.

Mad. DURVAL.

Oh ! je veux absolument sçavoir vos raisons, Mademoiselle ; je veux que vous les disiez, & tout à l'heure.

Mlle. AGATHE, *embarassée.*

Eh mais ! *primò*, ... d'abord, ... c'est que j'entre chez Madame la Comtesse Dorimene, où je suis arrêtée... — & que, ... je ne crois pas que Madame puisse trouver mauvais... que l'on prenne son avantage, ... où l'on le trouve.

Mad. DURVAL, *secouant la tête.*

Tenez, Agathe ; ce ne peut pas être là la vraie raison...

Mlle. AGATHE, *d'un air impatient.*

La vraie raifon, Madame; la vraie raifon...
c'eſt qu'il y a ſi lcngtems qu'on parle du mariage de Madame avec Monſieur le Chevalier , que je ſens bien qu'il ne ſe ſera pas.

Mad. DURVAL, *vivement.*

Etes-vous folle ? Que peut avoir de commun ce mariage prétendu avec votre ſortie ?

Mlle. AGATHE.

Eh mais! Madame, c'eſt que l'on ſe fait
des reproches à ſoi-même de voir. . .

Mad. DURVAL, *impatiemment.*

Des reproches! de quoi ?... Mais, tâchez
donc de vous faire entendre.

Mlle. AGATHE.

Me faire entendre ?... il n'y a rien de ſi
clair. Tenez, Madame , quoique vous ne
m'ayez pas miſe dans votre confidence, ſur
votre mariage avec M. le Chevalier , j'ai eu
des ſoupçons.là-deſſus ; & je me ſuis dit qu'il
ne convenoit pas à mon honneur de reſter à
Madame, ayant toujours ces ſoupçons-là.

Mad. DURVAL , *un peu en colère.*

Quoi! des ſoupçons que j'étois mariée ?
Quel galimathias ! Je ne vous entends pas.

Mlle. **A G A T H E,** *vivement.*

Madame fait femblant de ne pas m'entendre ; il faut donc s'expliquer plus clairement : eh bien ! fi Madame m'avoit fait confidence de fon deffein d'époufer le Chevalier, je ne me ferois pas fait de fcrupules fur tout cela, moi. Mais, pardi, je fuis une honnête fille, & je dis qu'on peut bien fe prêter à une inclination qu'auroit une femme mariée ; l'on peut faire comme cela. (*Portant aux yeux fes doigts écartés.*) Pourquoi ? C'eft qu'une pauvre femme qui a un mari ne fçauroit époufer fon amant ; elle eft à plaindre par-là. —— Mais une veuve !... Eh ! qui eft-ce qui l'empêche de fe marier à celui qu'elle aime ? Rien. Eh bien ! la confcience permet-elle qu'on ferme les yeux là-deffus, quand on ne nous a pas mis auparavant dans le fecret, & qu'on n'a aucun intérêt à ça ?

Mad. **DURVAL,** *l'interrompant, avec dignité & hauteur.*

Retirez-vous, Mademoifelle. Vous ferez ce foir, je vous en réponds, à Madame la Comteffe Dorimene.

SCENE XII.

Mad. DURVAL, *seule.*

MAIS à combien de genres de persécutions m'expose l'amour que j'ai pour le
Chevalier ! —— Les propos de la Marquise de
Leucry m'ont déplu fans me fâcher. ——
Mais qu'une malheureuse Femme-de-Chambre ait l'audace! ... En vérité, le fort des
femmes eft bien à plaindre. Mais le Chevalier
ne revient point ... je defire, & je crains de
le voir.

SCENE XIII.

Mad. DURVAL, LE CHEVALIER.

Mad. DURVAL.

AH, Chevalier ! avez-vous trouvé votre
oncle ? a-t-il lui-même trouvé chez lui
un homme qu'il cherchoit avec tant d'em-
preffement ?

LE CHEVALIER.

Oui, Madame; je quitte mon oncle, &
je l'ai laiffé avec cet exprès de Cadix. J'igno-

re les bonnes nouvelles qu'il lui porte. Mais mon oncle vient de m'en dire une, bien intéressante pour moi : c'est que vous consentez à notre mariage. Vous m'en voyez pénétré de la joye la plus vive.

Mad. DURVAL.

Ah, Chevalier ! détrompez-vous. Monsieur votre oncle étoit si pressé, qu'il ne m'a pas laissé le tems de m'expliquer : il a pris le change sur le peu de paroles que j'ai pû lui dire.

LE CHEVALIER.

Eh quoi, Madame !

Mad. DURVAL, *d'un air très-passionné.*

Non, je ne puis, Chevalier, surmonter la répugnance extrême, mais fondée, que j'ai pour le mariage. Si vous sçaviez ce qu'il en coûte à mon cœur de vous refuser ! ... Au nom de votre tendresse, de la mienne, abandonnez, je vous en conjure, le projet que vous avez de m'épouser.

LE CHEVALIER.

Eh ! le puis je, Madame ? —— De combien d'amertumes mon bonheur ne seroit-il pas empoisonné en y renonçant ! Quoi ! ne

me fera-t-il jamais permis de faire gloire de mon attachement pour vous dans le monde ?
—— D'un autre côté, n'ai-je pas à me reprocher l'atteinte que mes affiduités donnent à votre réputation ? N'ai-je pas entendu des propos ?... & il n'eſt pas poſſible qu'il ne vous en ſoit revenu quelques-uns... il faut les faire finir, Madame ; ma probité y eſt engagée.

Mad. DURVAL.

Votre probité, Monſieur, ne doit point rougir de ce qui ne bleſſe point la mienne.

LE CHEVALIER.

Que dites-vous, Madame ?

Mad. DURVAL.

Je dis, Monſieur, que je laiſſe, à ce qui s'appelle le monde, la liberté de penſer ce qu'il voudra. Je n'ai jamais prétendu faire dépendre mon bonheur de l'opinion d'un Public, juge léger, toujours injuſte, rarement inſtruit ; & qui ne prononce que d'après ſes préjugés : le monde ne m'eſt rien. Votre eſtime, celle de mes amis & des vôtres, la mienne propre : je n'en veux pas d'avantage. Eh quoi ! Chevalier ! mon cher Chevalier !...

L'amour

L'amour extrême, que j'ai pour vous ; . . . &
qui, j'ofe le dire, eft plus fort que celui que
vous fentez pour moi, ne peut-il lui feul faire
toute votre félicité, comme il fait tout mon
bonheur ?

LE CHEVALIER.

Non, Madame, non ; le mien dé-
pend de mon mariage avec vous. Lui feul
peut m'en affûrer la durée. Eh quoi ! ne puis-
je pas vous perdre.? vous avez vos parens en
Angleterre ; ne pouvez vous pas y être rap-
pellée par quelques circonftances impré-
vues ? que fçais-je moi ? . . . Ah ! Madame !
quand on a eu le bonheur de rencontrer une
femme auffi eftimable que vous, à peine le
mariage paroît-il fuffifant pour fe l'attacher,
l'on voudroit imaginer des chaînes encore
plus fortes, pour ne jamais rifquer d'en être
féparé.

Mad. DURVAL, *très-tendrement.*

Eh ! mon cher Chevalier ! ce font ces chaînes, qui font tomber celles de l'amour !

LE CHEVALIER.

Eh ! Madame ! jugerez-vous toujours de ce
nœud refpectable par les impreffions que
vous en avez prifes, & par l'épreuve

D

cruelle que vous en avez faite avec Durval ?
—— M'aimez-vous sans m'estimer ? ——Crai-
gnez-vous de ma part quelques-uns de ces
mauvais traitemens ; l'ombre même d'un
mauvais procédé ?

Mad. DURVAL.

Non, je n'en crains point ; mon amour pour
vous est fondé sur l'estime la plus vraie & la
plus méritée. Mais le plus estimable des hommes tient à l'Humanité ; & il est dans la nature
que le cœur de l'homme se lasse bien vîte
d'un sentiment, dont le devoir, dont la loi lui
font une obligation. Vouloir nous marier,
c'est vouloir éteindre, cruel ! un amour qui
est tout pour moi ; qui, lui seul, m'attache
à la vie : elle me deviendroit un fardeau, si
vous cessiez ou si je cessois de vous aimer,
après cette union. Ah ! Chevalier ! mon cher
Chevalier ! vous m'aimez... je vous adore...
rien ne traverse notre amour... Etes-vous las
d'être heureux ?

LE CHEVALIER, *très-vivement.*

Non, Madame, vous ne m'aimez pas autant que vous le dites ; autant que vous voulez vous le persuader à vous-même. Si vous
aviez pour moi cet amour vif & passionné
dont je brûle pour vous, vous ne verriez,

vous ne penfer.ez, vous n'agiriez, vous ne
fentiriez que d'après moi. Vous me feriez
aveuglément le facrifice de cette prétendue
répugnance.

Mad. DURVAL, *très-vivement auffi.*

Eh ! Monfieur ! voyez votre injuftice.
— Ne puis - je pas tourner contre vous ces
mêmes raifons? Ne ferois-je pas en droit,
de mon côté, d'exiger de vous le facrifice de
vos idées & de vos fentimens? — Je vous
aime, Chevalier, je ne puis trop vous le ré-
péter dans cette circonftance; nulle expref-
fion ne peut rendre, à mon gré, la violence
de mon amour. — Mais pourquoi le vôtre
veut-il devenir tyrannique? ... Vous autres
hommes, vous êtes tout furpris de trouver
une femme qui ait une façon de penfer à elle;
& qui ne fuive pas en aveugle, celle de fon
amant. Vous voulez qu'elle ne voye, ne juge,
& n'agiffe que d'après les impreffions... vous
venez de le dire : vous croyez qu'une femme
n'aime point, fi elle n'eft affervie, fi elle n'eft
fubjuguée par fon amant ... Eh : bien, moi,
Chevalier, quoique mon ame foit pénétrée,
pour vous, du fentiment le plus tendre, de

l'amour le plus paſſionné qui fut jamais , je
prétends cependant garder, même en aimant,
une certaine liberté. Eh ! pouvez-vous , avec
équité , m'ôter celle de ſentir, comme je
ſens, de penſer comme je penſe , & d'agir
comme je crois le devoir ?

LE CHEVALIER , *impétueuſement.*

Oui, Madame, oui ; & c'eſt ſur ce point
ſeul, que votre amour lui-même ne peut
vous laiſſer de liberté. Tous vos raiſonne-
ments, de quelque paſſion qu'ils paroiſſent
mélés , n'entraînent point mon ame. L'a-
mour, dans votre cœur, ſe trouve ſoumis à
ce que vous appellez raiſon ; vous occupez
bien une autre place dans le mien ; excepté
le deſir paſſionné que j'ai de vous épouſer, &
qui n'eſt autre choſe que mon amour lui-
même , il n'eſt point, moi, de ſacrifice que
je ne ſois prêt à vous faire. Et encore , je ne
vous le demande ce ſacrifice, que parce que
je ſuis convaincu qu'il augmenteroit mon
amour, s'il eſt poſſible que, de la violence
dont il eſt , il puiſſe accroître encore ; & je
ſens. ...

Mad. DURVAL , *l'interrompant.*

Et moi, je doute ſi je pourrois répondre
du mien, ſi, au lieu de l'amant, je trouvois un

maître. L'amour ne peut fubfifter qu'entre
deux perfonnes libres & égales. : notre fexe
fent encore mieux cela que le vôtre. Non,
encore une fois, mon cher Chevalier, ne
m'en parlez plus. Je vous aime ; ce n'eft que
par mon amour que je tiens à la vie ; mon
amour pour vous eft mon éxiftence....

LE CHEVALIER, *l'interrompant.*

Non, Madame, non : rien ne me convain-
cra de votre amour, que le don de votre
main ; j'en douterai toujours, tant que...

Mad. DURVAL, *l'interrompant avec feu.*

Vous doutez de mon amour, & vous ofez
me le dire, cruel que vous êtes ! —— Mais
vous ne le penfez pas.—— Jamais je n'ai fenti
plus vivement l'excès de la tendreffe que j'ai
pour vous que dans cet inftant, que je refufe
de vous époufer.—— C'eft cet amour même,
dont l'extrême délicateffe eft, plus que toute
autre caufe, le principe de mon refus : plus
je vous aime, plus je fuis aimée de vous ;
[car je ne doute point de votre amour moi,]
& moins je veux rifquer de les voir s'éteindre, & vous tenteriez vainement de me faire
revenir d'une réfolution, que rien au monde
ne peut me faire changer.

SCENE XIV.

LE COMMANDEUR, Mad. DURVAL,
LE CHEVALIER.

LE CHEVALIER, *très-vivement.*

AH ! Commandeur ! ah ! mon ami ! venez vous joindre à moi. Madame Durval refuse de m'époufer ; c'est le chagrin
le plus vif que je pûffe reffentir.—— Je n'ai
pas befoin, cruelle ! de vous jurer que je
n'en époulerai jamais d'autre que vous, dût
mon oncle me desheriter cent fois.

LE COMMANDEUR.

Ah ! Madame ! je connois les fentimens
du Chevalier ; vous allez le rendre le plus
malheureux des hommes.

Mad. DURVAL.

Eh ! Monfieur !

LE CHEVALIER.

Quoi ! Madame ! rien ne pourra vous flé-
chir ? (*Il fe jette à fes genoux.*) Au nom de
l'amour le plus tendre....

※

SCENE XV. *& derniere.*

LICANDRE, Mad. DURVAL, LE
COMMANDEUR, LE CHEVALIER.

LICANDRE.

CEſſez, mon neveu, de prétendre à la main
de Madame. Ah ! mon ami, vous n'êtes
plus un parti pour elle ! —— Nous ne vou-
lons tromper perſonne, Madame ; & je viens
vous annoncer une nouvelle, [*Se tournant
vers ſon neveu,*] plus cruelle encore pour
vous que pour moi, mon cher neveu.

LE CHEVALIER.

Eh ! quoi, mon oncle ? [*A part.*] Je pen-
ſois n'avoir plus rien à redouter.

LE COMMANDEUR.

Qu'eſt-il donc arrivé ?

Mad. DURVAL.

Une nouvelle cruelle pour le Chevalier!
Vous me faites frémir, Monſieur.

LICANDRE.

Hélas ! Madame, tantôt en vous quittant,
j'ai vû cet exprès de Cadix qui me cherchoit.
Il m'a apporté la nouvelle que j'avois perdu

D iv

les dix-huit cent mille livres que l'on devoit me remettre ici en lettres de change. N'en ayant point trouvé là-bas, l'on m'envoyoit cette somme en piastres sur deux vaisseaux qui, au sortir du port de Cadix, ont péri par une tempéte affreuse, sans qu'on en ait rien pû sauver.

Mad. **DURVAL**, *abîmée de douleur, à part.*

Quelle nouvelle ! & dans quel moment elle arrive !

LE COMMANDEUR, *à part.*

Tout l'accable à la fois.

LICANDRE.

Ah ! mon cher neveu ! mon cher fils !... aidez-moi à soutenir votre infortune !

LE CHEVALIER.

Mon très-cher..., mon très-généreux oncle... mon vrai pere, si cette perte ne vous chagrine que par rapport à moi, cessez de vous affliger : ce matin elle eût fait mon défespoir ; actuellement je n'y vois que la perte d'un bien qui n'auroit pas fait mon bonheur. Eh ! bien, la fortune m'abandonne..., je sçaurai m'en passer.

Mad. **DURVAL.**

Quelle ame !

LICANDRE, *très-vivement.*

Ah ! ta fermeté, mon cher neveu, a fait tout à coup renaître la mienne. Oui, mon ami, s'il n'y a plus pour moi de reffources, tout n'eft pas encore perdu pour toi.—— Il y a un an que je t'écrivis que je pouvois te faire avoir un Régiment en Efpagne ; le Miniftre de qui ces graces dépendent, m'accordera fur le champ celle-là pour toi... Je le connois : plus il me verra dans le malheur, plus il fe portera à me fervir. Viens ; je facrifierai avec plaifir le refte de mes jours à ton avancement. Viens, mon fils : partons pour Madrid.

LE CHEVALIER.

Eh ! le puis-je, mon cher oncle ? Sans compter que je ne dois pas accepter le facrifice de votre repos, m'eft-il permis de manquer à mon Prince ? Je fuis né François ; il n'eft point honteux de refter fubalterne dans un métier auffi noble que celui des armes ; je n'irai point chercher un fervice plus diftingué en pays étranger. L'ambition, d'ailleurs, n'a plus aucun droit fur mon ame.

LICANDRE.

Mais fonge donc que notre union avec l'Efpagne....

LE CHEVALIER.

Non, tout m'attache ici ; & je ne romprai point des liens qui me font mille fois plus chers que ma fortune & que ma vie.

Mad. DURVAL.

Je vous entends , Chevalier ; & vous venez de mettre le comble à mon admiration pour vous.—— [*A Licandre.*] Écoutez-moi , Monfieur. J'avois refufé d'époufer Monfieur votre neveu , par des raifons ... que nous dirons dans un autre tems, & que je croyois bien fondées ... ; elles viennent de s'anéantir. Vous vouliez donner votre fortune au Chevalier ; daignez partager la nôtre, Monfieur ; vivez avec nous , ne nous quittez plus. —— Je vous donne tout mon bien, Chevalier, & je vous époufe.

LICANDRE.

Dans quel étonnement ! ...

LE CHEVALIER, *qui s'eſt jetté aux genoux de Madame Durval, s'en relevant, interrompt Licandre.*

Non , Madame, non ; il ne m'eſt plus permis à préfent d'accepter votre main. —— Dans la converfation que nous avons eue, vous m'avez développé vos fentimens, & c'étoit encore dans le tems que nos fortunes étoient à peu près égales : à plus forte raison ce mariage ne peut plus vous convenir actuellement, à aucuns égards. — Non, Madame, je suis né pour être malheureux, & j'aurai le courage de l'être.

LICANDRE.

Hélas ! je ne puis que le louer, Madame, de la noblesse de son refus. — Elle me fait encore plus fentir, mon cher fils, la perte que j'ai faite.

Mad. DURVAL, *impétueusement.*

Ah ! Chevalier, écoutez moi : cette nouvelle épreuve de vos fentimens a fait difparoître mes répugnances, & ces craintes que j'étendois généralement fur tous les hommes. Eh ! Monfieur ! la dignité de votre ame, fon élévation, fa générofité, me forcent à faire de vous, l'exception la plus diftinguée ; & . . . .

LE CHEVALIER, *l'interrompant.*

Eh ! Madame ! vous jugez de la violence que je me fais, quand je ne me rends pas à vos inftances ; mais je mériterois d'être confondu parmi le commun des hommes, dont vous me faites la juftice, & dont j'ofe dire auffi que je fuis digne d'être diftingué, fi je profitois de ce moment d'attendrissement que notre infortune vous cause , pour accepter votre proposition ... si j'abusois de cet instant où la perte de nos biens , mon amour ... peut-être même l'estime que vous faites de mon refus (qui est pourtant tout simple) vous font illusion , & empêchent votre ame d'agir librement. Non , Madame , non...

Mad. DURVAL , *l'interrompant.*

Eh ! ce n'est point un vain & passager attendrissement qui me détermine ; ce sont ces derniers traits de votre caractere encore un coup , qui ont dissipé toutes mes craintes. Il ne me reste plus que celle que vous ne vous obstiniez à ne pas vouloir accepter ma main.

LE CHEVALIER , *en pleurant.*

. Eh ! le puis-je , Madame ?

Mad. DURVAL , *avec la derniere vivacité.*

Oui , Monsieur. Et si vous ne vous rendez pas , j'imaginerai que vous voulez vous venger de moi... ; que vous voulez me punir de ne vous avoir pas jugé comme je devois vous juger ... au-dessus de l'Humanité.

LE CHEVALIER.

Hélas ! Madame , quand vos craintes seroient diſſipées, (ce qui eſt pourtant beaucoup pour moi, je l'avoue;) ai-je actuellement aſſez de fortune? Et puis-je, & dois-je abuſer de votre généroſité au point de...

Mad. DURVAL, *avec vivacité & dignité.*

Que dites-vous? Des motifs d'intérêt peuvent-ils avoir rien de commun avec des ames comme les nôtres, ni influer ſur le parti que nous avons à prendre? —— Comment! auriez-vous le moindre doute à cet égard? Penſeriez-vous donc me devoir quelque choſe de ce que je fais votre fortune? Ah! Chevalier! entre gens qui ont autant d'élévation dans les ſentimens, que j'oſe dire que nous en avons l'un & l'autre, la généroſité eſt entierement du côté de celui qui accepte.... Mais vous devez ſentir cela, Chevalier; vous devez ſentir cela.

LE CHEVALIER, *avec tranſport.*

Oui, je le ſens, Madame; oui, je le ſens. J'accepte tous vos dons, & je vous épouſe.

LE COMMANDEUR.

Elle eſt raviſſante ... t charmant!

LICANDRE.

J'en ſuis attendri juſqu'aux larmes.

Mad. DURVAL.

Entrons dans mon cabinet , Meſſieurs ;
envoyons chercher le Notaire ; & terminons
tout à l'heure , mon cher Chevalier , un mariage que je deſire à préſent , mille fois plus
vivement que vous.

FIN.

APPROBATION.

J'Ai lû par l'ordre de Monſeigneur le Vice-
Chancelier , un Manuſcrit intitulé , *la
Veuve*, Comédie ; & je n'y ai rien trouvé qui
pût en empêcher l'impreſſion. Fait à Paris,
ce 11 Janvier 1764.

CRÉBILLON.

*Le Privilége & l'Enregiſtrement ſe trouve au nouveau
Théâtre François & Italien.*

www.ingramcontent.com/pod-product-compliance
Lightning Source LLC
Chambersburg PA
CBHW060818180626
46818CB00002B/861